두 줄 그은 사이
나를 숨기다

시와표현 시인선 106
푸른 꽃잎사이 나를 숨기다

초판일 | 2020년 8월 17일

지은이 | 안연옥
발행인 | 박무웅
편집인 | 김희숙
표지 그림 | 김광영
펴낸곳 | 도서출판 시와표현
주소 | 서울특별시 관악구 과천대로 939, 1002호
(남현동 르메이에르 강남타운 2차)
전화 | 02-523-8848 010-8907-9161
E-mail | happyv2011@hanmail.net
http://cafe.daum.net/nbv9907

ISBN | 979-11-90943-03-1
값 10,000원

* 이 시집은 2020년 원주문화재단 전문예술창작 지원사업에 선정되어 발간되었음.

* 이 도서의 국립중앙도서관 출판예정도서목록(CIP)은 서지정보유통지원시스템 홈페이지(http://seoji.nl.go.kr)와 국가자료공동목록시스템(http://www.nl.go.kr/kolisnet)에서 이용하실 수 있습니다.
* (CIP 제어번호:2020032998

시와표현시인선 106

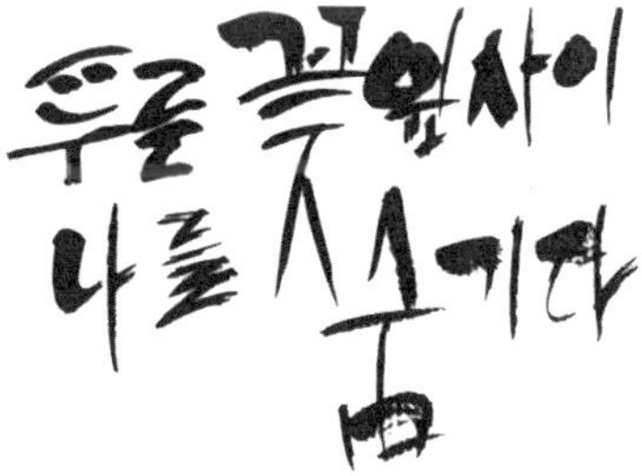

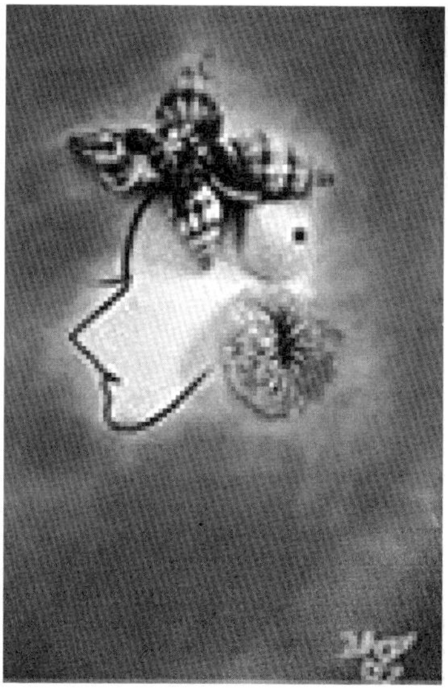

| 시인의 말 |

나는 아름다운 악보를 찾아 다녔다
어디에도 없는 리듬의 악보
클라리넷도 바이올린으로도 연주 할 수 없는
요동치는 마음으로 연주하는
그런 악보를 찾아다녔다

그러나 아름다운 악보란
세상의 무수한 말투들과 웃음
어린 질문과 다정한 대답들
그 사이에 있었는지도 모른다
어쩌면 나는 이미 무수한 악보들을 따라
온갖 노래를 불렀는지도 모른다.

2020 여름
안연옥

차례

1 푸른 꽃잎사이 나를 숨기다

2 메디슨 카운티의 다리

3 왜 아직도 나의 거울 속에는 백설 공주만 보이는지

4 장미의 시간

1 푸른 꽃잎사이 나를 숨기다

눈에서 꽃 필 때

봄, 눈 비비고 나면 어느 새
나무들에 한가득 꽃이 피어있다

봄은 오는 것들이 많은 계절이어서
돌아가는 것들도 많다
그때 마다 꽃가루가 눈 속에 쌓이고
가려워, 눈을 비빌 때 슬픔도 없이
눈은 각양각색의 꽃을 흘린다

며칠 밤새운 눈에선
맨드라미가 피고 꽃게가 웅크리고 있다
어느 저녁으로 가는 노을이
그렁그렁 고여 있기도 했다

꽃들은 시력이 없어서
사람의 눈을 빌려 아름답다
그르므로 사람의 눈은 활짝 핀 꽃이다

들여다보는 꽃,
내다보는 꽃
그러나 꽃이 자주 피는 눈은
캄캄한 씨앗이 맺히기도 한다

살면서 너무 많은 꽃이
눈에서 피고 또 졌다

봄은 제일 먼저 눈에 도착한다
꽃 진 눈, 가시가 돋아
가끔 따가울 때가 있다

봄을 어지럽히고 싶었네

누군가 보내 준
유정란 한 판
참 가지 런도 하지만
그 가지런함 속엔 개나리 꽃잎 같은
노란 부리들이 들어있다고 생각하면
삼십 마리의 봄이 소란스러운 꽃다지처럼
이곳저곳을 휘젓고 다닌다

모두 제자리를 지키는 봄
작년의 꽃들은 올해도
그 자리로 찾아오고
겹겹이 햇살 쌓이는 양지는
올 봄에도 그 자리에서 따뜻하고
그늘은 여전히 그늘인데
계란 한 판 속에 들어있는
그 분별모르는 무분별들을 풀어놓아
봄을 어지럽히고 싶다

그늘과 양지를 섞고
작년의 제비꽃을 찾아왔던
그 제비꽃을 올핸 애기똥풀로 보내고
모두 어리둥절해지고 싶다

이 꽃 저 꽃
서로 놀러 다니게 하고 싶다
삼십 알 계란 한 판이면
그런 일 충분하다

자작나무 봄

수 백 마리
나비가 붙어 있는 듯
철이른 바람을 희롱하는
자작나무 이파리들
자작나무는 한눈팔지 않는 나무다
곁을 살피지 않고
오로지 위로만 오르고 또 오른다
가지를 살찌우지 않고
직선의 공중을 탐식하는
저 햇살들의 집결지
혹은, 망향의 나무다
눈 덮인 시베리아 벌판을 그리워하는
겨울이 익숙한 나무들
이제 길고 긴 무더위를 위해
이파리마다 바람을 듬뿍 묻혀야 된다고
봄바람에도 바쁜 이파리들

빽빽한 군락지를 이루고
직선을 오르며 경주하는 나무들에
가득 차오른 수위인양
온통 빛나는 윤슬인양
자작자작 물무늬들이 겹치는 소리를 내는
자작나무 이파리들
누구든 이곳에 와서 두 눈 가득
그 반짝임들 담아간다면
눈감고 무거운 마음의 일들
하나 둘 떠올린다면

한없이 가벼운 바람으로
흩어지는 천근의 근심들이 있다

보헤미안

나는 아름다운 악보를 찾아 다녔다
어디에도 없는 리듬의 악보
클라리넷도 바이올린으로도 연주 할 수 없는
요동치는 마음으로 연주하는
그런 악보를 찾아다녔다

나는 물어보았다 산울림에게, 온갖 새들의 울음소리에게, 돌들을 연주하며 흐르는 개울물에게, 온갖 간주들과 후렴들에게, 나에게 꼭 맞는 악보를 그려 줄 수 있냐고

그러나 아름다운 악보란
세상의 무수한 말투들과 웃음
어린 질문과 다정한 대답들
그 사이에 있었는지도 모른다
어쩌면 나는 이미 무수한 악보들을 따라
온갖 노래를 불렀는지도 모른다.

악보 속에서 떠돌았다면
나의 일생이란 내가 불렀던
노래였던 것이다

푸른 꽃잎사이 나를 숨기다

마음약한 일들
다 봄에 있었다

연약한 것들 다 봄에 모아놓고
영원할 것 같이 화사하더니
이내 파란을 엎질러 놓았다

나긋나긋하던 말투들
다 질겨졌다

봄을 따라왔는데
어느새 빗줄기에 갇혔다

내 꿈은 제비꽃이나
연분홍 홑잎에 숨는 일이었다
숨어서 때론 쌀쌀해지자는 것이었는데
결국엔 뒤끝들을 앓게 되었다

지나간 꽃들,
다 봄에 있는데
우린 그 어느 봄으로도
돌아가지 못한다

봄은 언제나 기다림 끝에서
달아날듯 들떠 있다

천개의 바람

세상의 게양대를 찾아다니는
펄럭이고 싶은 바람들

저의 근방을 한껏 휘며 학습하는
유연한 대궁들 위에서 핀
울긋불긋한 풀꽃 화관들을
찾아가 뵙는 바람들

세상에 혼자인 바람은 없다
반드시 옆이나 앞
혹은 뒤끝을 달고 다니며 함께 흔들리는
어울리는 족속들을 살피면

나비나 잠자리 같은
혹은 헬리콥터 날개 같은
바람의 공장들이 곳곳에 있다.

스스로 분란하고
스스로 침잠하는
가장 연약하며
또 사납기도 하는 바람의
본 얼굴을 보고 싶다면

나무를 보라
숲과 모든 풀꽃들의
하늘거리는 끝을 보라.

배웅

시골, 간이정류장
하나의 가방을 가운데에 놓고
모녀인 듯 한 두 여자가
정오 버스를 기다린다

한 여자의 버스시간표는 빠르고
또 한 여자의 시간표는 느리다
또 남는 사람과 떠나는 사람
가까운 곳을 가는 옷차림과
멀리 가는 옷차림이 다르다.

파밭과 들깨와 상추가 자라는 옷
앞산 자락과 샛강의 물소리와
뻐꾸기 우는 소리가 묻은 옷
떠나는 옷차림은 제 옷에 자꾸
달라붙는 그런 것들을 털어낸다
버스가 모퉁이를 돌아오고

먼저 짐을 집어 드는 여자가
남는 여자다
버스가 떠나고 남은 여자에게서
가늘고 긴 실오라기 하나가
떠난 여자에게로 풀려가고 있었다

저 샛강을 흐르는
오랜 물소리처럼.

기억의 집

엄마를 뒤적이면
낡은 옛집에 이른다
기억이 가물가물한 엄마는 자꾸
집이 이곳저곳을 옮겨 다닌다고 하지만
사실, 옛집이 엄마를 따라다니는 것을
엄마만 모르고 있다.
엄마와 나는 가끔 그런 옛집을 뒤져
이것저것을 나누곤 한다.
마당에서도 곧잘 보이던
별자리들은 내가 갖고
새색시 시절, 엄마의 시집살이를
위로하던 뒤란은 엄마가 갖고
어느 장마철 마당을 기어 들어오던
징그럽던 두꺼비는 엄마에게 주고
대신 투명하게 자라던 고드름은
내가 갖겠다고 억지를 쓰곤 한다
나 시집올 때 예쁜 그릇들을

싸고 싶었던 모란꽃잎은
엄마 몰래 내가 감추고
꽃무늬 수놓아진 횃대보는
엄마에게 준다

기억속의 옛집은 단란하다
그러나 기억 속을 걸어 나오면서부터
가족은 그 수가 줄어들고
늙고 병들어 간다
점점 낯선 얼굴이 되어가는
기억의 집
그 집 가족들.

이제 모든 대역은 끝났다

모성, 그것은
우주의 가장 깊은 신비다.

자신이 낳은 새끼의 탯줄을 자르는
한 번도 배운 적 없는
개의 본능적 모성을 보다가

나의 어머니,
내가 태어나고 내가 한 사람으로
우뚝 일어설 때까지
나의 비틀거림으로 살고
나의 미숙함으로 함께 살았다는 것과
나를 대신해서 모든 어리석음을
스스로 겪어왔다는 사실

비로소 내가 사람구실을 하게 됐을 때
조용히 내게서 걸어 나가신 어머니

이제 모든 대역을 끝내고
우주의 한 모퉁이
심오한 우주의 비밀로
쓸쓸하게 독거하시는
나의
어머니

비를 앓는 남편

비가 내린다
선풍기 틀어놓고 잠든
남편 몸에도 비가 내린다
봄비든 여름비든 모든 비는
땅을 욱신거리게 한다
텅 빈 땅에서 초록을 돋게 하고
잔잔한 물결 넘실대게 한다
그래서 남편은 자면서도
끙끙 비를 앓는다
쑥쑥 자라던 남편의 꿈,
모질게 꺾어놓은 그 자리에서
초록의 새순이 돋는다
바짓단 걷어 올린 발목으로 푸른 물줄기가
더 푸르게 돋고 어느 청춘의 한 때를
달리는지 이마에 송골송골 땀이 돋는다
빗줄기는 무릎과 허리를 지나
하얗게 센 머리카락으로 날린다

아직도 남편의 몸에는
엉킨 빗줄기가 많아서 흐린 날에는
그것들, 꿈틀거린다
그 사이 고구마 순이 자라고
고추밭으론 매운맛이 모여든다
비 내리는 날은 남편의 휴일이지만
뿌리들이 살찌고
줄기들이 마디를 늘인다
낮잠에서 깬 남편의 몸에서
비가 구겨지는 소리가 난다

염화미소

평생 웃는 얼굴로만 사는
그런 존재들이 있다.
또는, 그런 역할들이 많다.
그때마다 참 가혹하다는 생각을 한다.
돌 속에 천년의 웃음을 새겨 넣고
매일을 웃음만 웃고 있다는
염화미소도 어느 때가 되면
다 닳아 없어지겠지
빗방울에, 바람에 닳는 웃음
다른 감정을 배우지 못한
아니, 다 겪은 그런 얼굴로
표정으로 우리를 밝게 비춰주고
탁濁한 마음은 서로를 병들게 한다는 것을
아무 말 없이도 알게 하는
웃음의 교육
넉넉함으로 우리는 더욱 빛났고
박薄 할 때 우리는 더욱

추하게 된다는 것을
일깨워주고 있다.
어디 웃음이
사람에게만 필요한 것이냐고
스쳐가는 모든 것들에게
기꺼이 닮는 것을 실천하는
오로지 웃음

입속 편지

입 속에 꼭꼭 접어놓은
편지 한 통이 있네
오래 되어 단맛 빠진 말 한마디 굴리고 있네
어떤 혓바늘도 그 말 터트리지 못하네
비밀로 쓰인 편지
약속으로 꽁꽁 봉해져 있듯
어떤 말은 아예 입술로 봉해져있다네
아니, 입속이 잊어버린 말이라네

수포가 핀 말,
큰 말은 버리고 작은 말들만 하라고
입술은 자주 부르텄네

입속에 있던 편지는 자주
쓴맛을 뱉어냈네
자꾸만 되삼켜져 이젠
목 너머 명치쯤에 있는 것 같다네

십년이면 강산도 변한다는데
들어 줄 귀, 마음이라고 여전할까 만은
접은 편지는 그저
접은 마음이 되기도 한다네.

수없이 중얼거리며 되뇐 편지의 내용
그 중 몇 마디는 다 찢어져
너덜너덜해졌다네
몇 단 마음속에 접어놓았다네

묵은 쌀 부화

묵은 쌀 한 자루를 풀자
느닷없이 날개들이 분분했다
밥을 먹는 존재가 어디 사람뿐이겠는가
분명, 지난 가을에 묶을 때는
깨끗한 쌀자루였는데
묵은 쌀을 뚫고 날개들이 부화했다
쌀알들은 한 알 한 알 다 생명을
품고 있었던 것이다

그래, 먹을 것 향해 달려드는 것
어디 사람뿐이겠는가
한 겨울 사람의 마을까지 내려와
사람 근처를 오물거리고 싶은 짐승들이 있고
사막 한 가운데서 빵 한 조각 놓아두면
종류를 가리지 않는 목숨들 다 모여든다
하나의 지구에, 태양에 모여 사는
존재들은 모두

비슷한 음식을 먹는다는 것을
또 한 번 알게 되는 것이다

날개가 빠져나간 쌀로 밥을 짓는다
어떤 배고픈 생명이 먼저
한 술 뜨고 간 푸석푸석 한 밥
고마운 마음으로 꼭꼭 씹는다.

봄이 자라는 속도

알을 깨고 나온 새
온 몸이 벌거숭이지만
어미 새들, 저의 앞가슴을
그 앞가슴에 난 솜털을 나누어주고 있다.
그때, 마치 봄의 속도로
어린 새들에겐 깃털이 자라고
뼈 속에 공기를 채운다.
부디 저기 저 앙상하게 죽은
나뭇가지를 닮지 말거라
저기, 파릇한 줄기를 닮아 조금만 바람 불어도
휘청휘청
낭창낭창
바람을 타라고
따뜻한 한 올 한 올 깃털 심고 있다
새들은 어미의 날개가 지붕이어서
봄비 내리는 소리
연두색들이 파란을 갈아입는 소리를

겨드랑이에서 듣는다.
눈 뜨는 나무들
뿌리에서 물 길어 올리는 소리,
온 세상이 두런두런 내리는 봄비 속에서
북실한 햇살 한 뭉치 고개를 내민다.

달리는 돌

사막, 데스밸리에는
달리는 돌들이 있다
아니, 그저 움직이는 정도지만
인간의 달리는 척도가 뛰는 것이라면
돌은 그 척도가 다르다
돌은 제 몸의 가장 편편한 곳으로 달린다
뒤집어 보면 자잘한 노래기나 지네처럼
무수한 발이 있을지도 모른다
그러나 모두 바람 소속의 주자들이어서
모래 위를 달리는 것 같지만
사실은 바람을 달리는 것이다
바람의 트랙은 윙윙대며
순간에 나타났다 사라진다
빨리 달리는 경주가 아닌
느리게 더 느리게 달리는 것이 목적이다
몇 년을 달린 길이가 고작
어린아이의 팔매질 거리보다 더 짧다

돌은 달리면서 잠자고
웃고 휘어진 바람을 만나면
돌도 저의 뒤쪽에 휘어진 흔적을 둔다
문득, 그 돌들의 느린 경주에
가장 늦게 달리는 돌에 막대한
돈을 걸고 싶은 것이다
너무 빠르다 싶으면 옆에 앉아
아주 느릿느릿한 이야기를 들려주며
함께 더 느려지자고 설득하다가
그 돌처럼 나도 느려지고 싶은 것이다

와병臥病

누워 오래 앓은 사람에게선
버섯자라는 냄새가 난다.
뿌리를 통하지 않은 물기가
이파리를 통하지 않은 바람이
가득한 나무토막에서 돋던 버섯들은
구름 같기도 하고
쇠약해진 헛말 같기도 했다

이름도 알 수 없는 버섯들
땅은 땅에 닿은 것들을 동질화 시킨다
뿌리가 없는 안개와
빗줄기를 재배하는 푸석한 나무토막
누워 앓은 사람에게서 간간이
병이 조금씩 나아가는 것처럼 보이던
활짝 핀 버섯들

어느 쪽도 없는 나무토막들은

어느 쪽으로 세워도 뿌리와 이파리가 돋거나
흙속을 움켜잡지 못할 것이지만
병은 누워있는 것을 좋아한다

와병이 길면
뒤척거리는 곳마다
붉은 버섯이 자란다

사람 끝엔 또 사람이 있다

한 사람을 끝마치고 나면
새로운 사람이 내게서 시작된다
부대끼며 서로 호칭이 된다
호칭은 또 마음을 나누고
때론 미움이 되기도 한다

일생이란
내가 내게서 떠나는 것이다
한시도 쉬지 않고
나는, 나에게 도착하고
또 떠나왔다

주거지를 정해놓고
바쁜 일들을 불러 모아 돌본다
그곳에서 딸이 되었다가 다시
엄마가 되었다
먼 곳엔 여행지를 두고

계절마다 몇 개의 가방을
돌려가며 쓴다

날마다, 습관을 이곳저곳에 부려놓고
매일 매일에 익숙해진다
게으름에 인생을 맡기기엔
이 여름이 너무 푸르다.

2 메디슨 카운티의 다리

기형

가려져 있는 것들에겐
그만한 이유들이 있겠지

클로버군락지에 발들이기 전
숨어 있는 것들의 이유를
먼저 찾아야겠지.

세 잎의 세상에서
네 잎은 기형이다

메디슨 카운티의 다리

그이를 만나면
영혼으로 음악을 들을 수 있어
버려져 있던,
대상없는 말들도
혼잣말들도
다 쓸모가 생겨
말과 말 사이의 침묵을 건너가는
낡은 다리는 가끔 삐걱 이지만
그건 잔잔하게 흐르는
강물이 내는 소리지.

그이에겐 햇살과 바람이
어깨동무하고 모여들어
가을 들풀처럼 마른 나를
바스락거리는 소리를 내며
친근하게 안아주지

그이에게로 가면
푸른 새벽으로 달려오는
미명의 사랑 노래를 들을 수 있어
기약 없는 약속들
날짜를 잡지 않아 좋아.

미로정원

저 허공 어디에 미로정원이 있는 걸까

봄엔 나비가 날아오더니 빨간 온도계를 닮은
꼬리의 잠자리가 빙빙 날고들 있다.

봄날, 우리는
꽃대 세우고 꽃잎 피우느라 얼마나 힘겨웠었나.

뜨겁던 여름날
태양을 켜 놓고 파릇한 열매들을 세느라
얼마나 바빴었나.

수많은 벽을 만나고
또 돌아서다 결국
찾아 낸 것이 출구인지 입구인지도 모르면서
너와 또 나라는 미로를 벋어 날 때

시간은 나비를 타고 왔다가 한 여름
매미울음에 머물렀다가 다시 고추잠자리로 날다가
저 공중, 미로정원을 빠져나간다.

겨울,
추위는 모두 문 밖에 있고
따뜻함 들은 모두 문 안에 있다.

세월에게

물 빠진 갯벌에서 본
무수한 다족류들과 갯지렁이들의
구불구불한 흔적들
저 평평한 물의 얼굴도
썰물이 지고 나면 저렇게
자글자글 주름살 가득하다

기껏해야 반나절
그 짧은 시간에도 저렇게 늙고
또 평평한 수면이 되나니
내 얼굴에 주름살
그것, 잠시 썰물의 때라고 여기자

그리하여 웃다보면
또 밀물의 시간이 되고
그 많던 주름살들
찰박찰박 물 들어오는 소리에

저절로 펴질 것이니

다름 아닌 내 얼굴로
그 많은 하루가 꼭 반나절씩
쉬지 않고 다녀갔다고
지구가 돌고 돌았다고

내가 세월의 입증이었다고
격정의 끝이라고
담담해지는 일이다

시월

서있는 것들이 쓸쓸해진다
바위들이 미지근하게 식어가고
지구의 물줄기들이 기력을 잃어간다
노래들의 목차에서
사분의사박자,
슬로우 고고
자꾸 목넘어로 되삼켜지는
가사들이 울먹울먹한다.

누구나 저의 계절에
무서리가 내리는 것을 보고 싶지는 않겠지
한 번도 한낮까지 가보지 못한
무서리 같았던 사랑이
살짝 덮이는 시월
더 이상 하늘엔
남아있는 색깔이 없어
무지개가 갈리는 일은 없겠지만

여름을 지나가던 그 많던
소나기들은 다 어디로 갔을까

자꾸 아래를 수소문하라고
쓸쓸한 중력들은
무성했던 나뭇잎을 물들이고
여름 날 놓쳤던 물의 영법들이
하류에서 발견되는
맑고 투명해진
시월

인생리셋

가끔은 인생을 리셋reset하고 싶을 때가 있다.

철자법을 다시 배우고 온갖 꽃 이름들을 다시 외우고 결국, 슬픔으로 바뀌고 말던 아름다운 일들 따위는 까맣게 잊고 한 때 욕심 없이 넓던 그 지점으로 다시 돌아가고 싶다.

그러나 인생은 그 어느 곳에도
자신이 끄고 켤 수 있는 스위치들이 없다.

또 그러다가 드는 생각으론 어쩌면 나는 지금 몇 번째 리셋한 인생일지도 모른다는 생각을 하는 것이다. 난처한 입장으로 만나는 사람들이 사실, 이전의 인생에선 절친한 사이였거나 혈족이었을지도 모른다.

가을에 단단하게 여물어 겨울동안 잠자고 다시 봄이면 꽃피우는 그런 씨앗들처럼, 한 몇 년 살고 다시 까맣게 모든 걸 잊고 겨울잠에 들었다가 다시 봄에 눈 뜨고 싶은 것이다.

문득, 어제 내린 빗소리가 반가웠다면
어느 전생에서 오래 기다렸던
봄의 단비였을지도 모른다는 생각이 든다.

별의 무대

빛나는 무대는
어둠 속에 동그랗게 뚫려있지
오색의 옷을 입고도 빛나야 하지
그래서 당신들을
스타라 부르지

당신이 빛나는 이유는
모두 캄캄해져서
당신만 밝은 곳에 세워두었기 때문이지

그러나 그곳은 새장
투명한 새장

나를 봐,
이 꾸밈없는 현실의 연기가
무르익을 대로 무르익어서
절정의 열연을 펼치는

이 빛나는 단역들을 봐

당신들이 서 있는 그곳
그 시간,
모두 빛나는 무대이고
황금시간대의 편성표라는 것을
좀 봐.

눈먼 도시의 사람들

너무 많은 것들 사이엔
숨을 곳도 많지

셀 수 없는 불빛들
밝아지려는 것들이 많지
사람으로 모여 반짝거리고
다시 사람으로
켜졌다 꺼졌다하지

저 불빛들 사이에 숨어
눈먼 도시의 사람으로
캄캄하게 있고 잎을 때가 있지

지구를 떠나
우주에서도 보인다는 불빛들.
사람들
각자의 창문 속에 숨어

사각으로 빛난다.

이 거대한 우주의 암흑을
조금씩 파먹는
불빛들
아니, 사람들

세상의 소리

무거운 공중이 비워지는 중이라고
나도 빗소리를 흉내 내며
새벽, 울었던 적 있었다.

새벽 빗소리
참 쓸쓸하다

빗소리들 중에는 할 일이 많은 빗소리와
할일 없는 빗소리로 나뉜다.
봄과 여름에는 바쁘고
가을엔 쓸쓸함을 반추한다.

그때 훌쩍훌쩍 울어도
그게 다 빗소리 인줄 안다

어쩌면 내가 태어나고
처음 귀가 열린 날 비가 왔을지도 모른다.

그 요람에서 처음 들었던
세상의 소리

오늘, 땅 위에
그때의 그 빗소리
가득 쌓여 있다

화인火印

자신의 온도에
자신이 데어 죽는 일엔
반드시 화인이 찍혀있다
그건 당신이 언젠가 산길에서 따 먹은
덤불딸기 한 알 같고
처음으로 배운 날의 반짝이던 담뱃불
혹은 처음으로 품었던
빛나던 눈동자 같은 화인

설사 죽지 않고 살아있더라도
당신은 이미 당신의 생애에
도장을 찍은 사람
돌이킬 수 없는 날인을 한 사람
묵묵히 계약을 이행해야만 하는
당신의 온도에 묶인 사람

화상은

식은 뒤끝의 통증이어서
이미 지나간 일들로 아프다면
그건, 당신의 생애에
깊은 화인이
찍혀있다는 증거다

아련한 것들

창고를 정리하다
오래전 쓰던 변압기
전류가 달라졌듯 옛날과 지금도 달라져서
반짝하고 빛나는 어떤 순간의 전류도
데려오지 못하는 물건을 두고 아깝다
아깝다고만 중얼거린다

세월이 바뀌고 사람이 바뀌었지만
과거는 여전히 빛나는 것들의 천지다
변압기가 없는 기억,
기억은 여전히 한 종류의 전류로 흘러서
과거의 흐릿한 빛을 끌어오면
현재는 낡은 필름처럼 재생되곤 한다
그래도 집 어딘가에는
무용지물의 옛 물건들이 있듯
기억에도 속수무책의 일들이 있다
모두 시간의 연착 점에 씨앗을 뿌리는

아련한 것들이다

오늘, 이편의 내가
저편의 나를 만났다
지지직거리는 난 전파를 타면서도
회상은 재생된다

끙끙

혼자 있는 사람이 있듯
고뇌도 슬픔도 혼자 있을 때가 많다
혼자서 끙끙대다
무르익은 고민이 슬픔이
내 밖으로 흘러넘친다.
그때야 모두의 것이 된다

사람들은 각자의 걱정거리에 매달려서
남의 걱정에 귀 울 일 귀가 없다
아마도 가장 모자라는 것이 있다면
담담하게 들어주는
착한 귀일 것이다.
하소연으로 자라는
해답은 아삭거리는 맛으로 자라고
곤경은 스스로 딛고 올라가는
질긴 매듭이 되기도 한다
때때로 속마음 털어놓을 사람이 있다면

위안과 조력을 기대할 수도 있겠지만
나의 고민이 너의 위로에
딱 맞은 일은 드물겠지

얼마 전 위내시경검사를 했다
의사는 말했다
혼자서 멀리까지 갖다버린
고민 몇 개가 굳어있다고

노을 빛

노을빛이 아름답다는 것은
오늘 하루가 분분 했다는 뜻이다
그 분분한 것들 다
지평선 쪽으로 몰려갔다는 뜻이다
붉은 서쪽을 다 끄고
어둑한 저녁으로 눕는다는 뜻이다

배웅하는 저녁과
맞이하는 아침
그 모든 일들이 둥글게 생겨서
우리를 돌고 있다는 뜻이다

분간할 수 있는 일들이
곧 어두워지고 뒤이어 짐작하는
일들이 더듬더듬 만져진다는 뜻이다
그러니 우리들의 소중한 등불을
환히 밝히라는 뜻이다

풀들은 가을을 견디려 마르고
들판들은 푸르렀던 키를 낮출 때
사람에겐 무릎이 있어
자신을 낮출 줄 안다

날개를 모시는 발

어릿한 불빛 아래
쓰러질 듯한 탁자를 앞에 두고
우리는 가끔 발을 먹는다
달리는 발
가끔은 뒤뚱거리는 발을 놓고
각자의 중심을 이야기한다
날개를 모시는 발
그악스럽게 땅을 헤집는 발
그 발에 매운 양념을 바르고
평온한 앞날을 꿈꾸는 동안
삐뚤빼뚤 흐트러진 닭발 집 지붕 위로
날개 밑 속 털 같은 봄이 가고
첫울음 같은 목련이 뚝뚝 지고
홰를 치는 새벽 같은 날들을
꿀꺽꿀꺽 잘도 마신다

알고 보면 뜯어먹을 것도 없는

빈약한 발들
그 빈약을 발라먹듯
오늘과 내일을 바르며 왁자지껄한
즐거운 발들이
동동 굴렀던 일들이며
미끌, 휘청했던 일들을 털어놓으며
발들이 발을 먹는다

오늘은 그쯤에서

하늘 끝 비행기 날아간 자리
노을빛 먹빛이다

비가 내린다.
초여름의 세포 사이사이마다
걷잡을 수 없는 돋음 들이
빈 나무들을 푸르게 채워나갈 때
이국의 골목들과 교회종탑이 있는 언덕과
빽빽한 지도들로 비좁은 트렁크에선
두근두근 심장 뛰는 소리가 흘러나온다.

미루고 미루어 두었던 여행 계획들이
한 뼘 웃자라 자라있다.
젖은 새 한 마리
비행기꼬리마냥 허공을
굉음도 없이 날아간다.

비에 젖은 별들 사라지고
태평양 너머에 슬픈 별 하나,
반짝 뜬다.

오늘은 그쯤에서 묵어야겠다.

자정의 역 하나

마른 제비꽃이나
빛바랜 시집 같은 시절을 꺼내어
추상한다.

별이 하나씩 지고 있다면
어두운 밤이 끝나간다는 뜻이다

산 너머로
붉은 노을 진다면
먼지를 풍기던 한 낮이
캄캄한 어둠으로
들녘에 내려앉는다는 뜻이다

기차가 나를 싣고
들녘을 스치고 어둠을 끌고 간다.
갈대숲이 사라지고
빛나던 호수들도 흐릿흐릿 지워진다.

기차가 천천히 속도를 줄이는
지금은 한 장의 승차권과
자정의 역 하나와
맞바꿔야 할 시간이다.

외계의 시간

바람에 출렁이는 이파리들 사이로
초침 흐르는 소리
한 그루 나무에는 셀 수도 없는
아니, 마지막 잎사귀가 떨어지는
그 순간까지 흔들리는
엽록의 시계바늘들이 가득하지

새들과 다람쥐와 자벌레들이 듣는
우거진 통신 들이지.

태양빛이 지구에 도착하는
그 빛의 속도는 8분 18초
거리로는 약 1억4960만Km
그 먼 거리를 달려와 찰나의 빛이 되는
내 눈가에 와서 찡긋
눈주름이 되는 멀고 먼
외계의 시간

3 왜 아직도 나의 거울 속에는 백설 공주만 보이는지

소울메이트

우리는 소곤거리는 사이였지
키득키득 서로를 간질이는 사이였지
어쩌다 우리는 이름을 나눈
하나의 마음,
하나의 꿈이었지

가끔 영혼들이 비좁아서
한 영혼에
두 사람의 마음이 깃들기도 하지

우리는 바닷가에서
갈매기들의 날개를 시옷이라 읽었고
멀리 보이는 섬을
이응이라 읽기도 했지

그러나 마음이란 또 얼마나
곳곳들로 이루어진 곳인가

미로정원처럼 막다른 곳곳들
막힌 벽 앞에서 수 없이 뒤돌아서는 곳인가

소울메이트,
하나의 오해 속에서
두 개의 오해를 앓고 있는
너와 나 라는 사이.

소울푸드SoulFood

나를 축복해본 적도 없으면서
남을 축복하겠다는 사람들

빛나는 접시들의
넓고 풍요로운 식탁
가족이 없는
음식을 덜어 줄 이웃이 없는
독생자들의 식탁보다는

작고 소박한 식탁
찬 음식을 먹어도 따뜻한
마음이라는 접시들
우리들은 달그락거리고
조금 씩 덜어낸 음식으로
또 한 사람의 소중한 인연을
식탁에 끌어다 앉힌다.

무수한 사람의 연대로
섞인 나라는 사람
그 사람 안에는
또 무수한 사람들의
살뜰한 관계가 있다

작은 식탁은 늘 비좁고
나를 사랑했던 사람들로 비좁은
나, 라는 사람들

마중

창문을 달아 놓는다.

그건, 그 창문을 열고
지나가는 것들을 불러 세우고.
그 뒤에 오는 것들에 대해
묻고 싶었기 때문이다.

귀를 세우고
무수한 풀씨들의 발아를 들으려
봄 들판에 앉아
언제 꽃피울꺼냐고
따뜻한 온도로 묻기 위해서다.

소리 없이 움튼 씨앗들
가을이 되면 툭툭 떨어지는 소리와
휩쓸려가는 바람의 갈피
그 속에 겹겹이 씨를 뿌리는 소리

나뭇가지들 마다엔
바람의 착석이
울긋불긋 물들어 갈 것이다.

바람이 지나 간 길목에
가을의 창문을 달아 놓는다.

백세 인생

백년은 어떤 곳인가
그곳에 집이 있고
부모가 있고 자매들이 있는 곳인가
가까운 친구들과
사랑하는 이가 함께 있는 곳인가

백년은 세월이 아니라
화목한 집이었고
결혼식장이었으며 또한 장례식장이었다
겹겹의 슬픔이었으며
빛나는 행복이었다
셀 수 없는 나무들이 지구를 따라
아침과 저녁, 봄과 겨울을 반복해서 돌았다
새로운 이름들이 태어났으며
익숙한 이름들이 사라지기도 했다

백년을 산 사람들

너무 많은 시간과 곳곳들로 꽉 차서
그 무게를 지고 느릿느릿 걷는다
백세를 사는 방법은 각자 달라서
누구는 졸 혼을 한다하고 또 누구는
황혼이혼과 해혼을 하는 일이 유행이라고 한다

그러나 백년은
아득한 앞날과 그보다 더
아득한 과거여서
잠시 사라졌던 마음이 애틋하게 돌아오고
미움이 쇠잔해지기도 하는 것이다

화양연화 2

앙코르와트 사원을 휘감은
나무뿌리들, 밝은 곳들은 이미 높은 곳으로
다 빠져나가고 대신 뿌리만 남아
허물어지는 사원을 수습하고 있다
몇 백 년 묵은 돌이
저 스스로도 징그러워
나무줄기가 되려
제 몸에 칭칭 감고 있다

이미 오래전에 죽은 돌들을 향해
살아있는 뿌리의 보시
봐라, 저기 저 주춧돌 하나도 이제
식물이 되려고 파릇한 이끼가
온순한 짐승의 털처럼 돋아나고 있다

한 때의 영화를 스스로 감추고
스스로 허문 사원에 사람들은 몰려와

각자의 화양연화를 빈다
각자의 쇠락에 튼튼한 나무뿌리가
얽히길 바라면서 오래 묶은 돌에게
파릇한 비밀을 입힌다

시간이 지나면 돌들도 물렁해지는가
다듬어 쌓은 빈틈들이 무너진 폐허를
뿌리들이 울창하게 쌓고 있다

초록을 끄는 나무들

소유를 놓는 방법을
강론중인 저 나무들
이제 곧 겨울이 온다고
여름이 깊었던 만큼
추운 겨울도 깊어진다고
춥고 황량 할수록
조금씩 옷을 벗는 역설의
가을나무처럼 나이를 먹을수록
자기 소유를 버릴 줄 아는 사람처럼
초록을 끄고 그 자리에
떨켜들의 흔적을 보관한다

투명한 하늘의 별자리들을
쓸고 닦았던 나뭇잎들을 불러들이고
앙상한 관측을
멀리까지 허락한다
그러니, 보아야 할 것들과

눈 감아야 할 것들을
한 마음에서 분류해야 한다.

강론이 끝나고
한껏 웅크리는 방법을 택하는
나무들의 길고 긴
칩거.

노랑나비 떼

출렁이던 봄빛이
눈물 끝에서 무릎을 꿇던 날에
서해 갯벌자락 끝
붉게 피 흘리며 노을이 졌다.

서해에서 물은
갔다가 다시 돌아온다는데
아침저녁으로 번갈아 들른다는데

거짓말
거짓말

먹먹한 바다를 건너
노랑나비 떼만
봄을 짊어지고 돌아오고 있었지

꽃에 물도 주지 못하고

정원 손질도 못하고
봄날은 참으로 길었다.

길고 긴 슬픔을 끌고 온 세상
무수한 봄들이 통째로 사라진 바닷가
모두 들 잊지 않겠다는 듯
가슴 한쪽마다 비워 둔,
아직 절망을 묶지 않는 리본

결번처럼 비워 둔 그곳으로
또 밀물이 든다.

산골 소녀

빰과 이마에
홍시 빛 봄볕을 바르고
산골마을 아버지를 따라 율전국민학교 분교
따사로운 흙벽에 기대어 앉아
처마 밑으로 똑똑 떨어지는
시린 지붕을 손바닥에 받을 때
고드름은 꼭 겨울의 송곳니 같았지
그 송곳니 뚝 꺾어 입에 물고
봄날의 꿈을 꾸던 소녀

봄볕에 그림을 그리던
볼 빨간 시절은 어디로 갔을까

내가 간직하고 있는
꾸벅꾸벅 졸음에 겨운 이 기억을
그 소녀도 갖고 있을까
네 것이라고 혹은

내 것이라고 나누어 갖지 않았지만
졸음 끝 기지개를 뚫고
그 소녀 어디서 펄펄
눈빛으로
늙어가고 있을까

시선

사진을 찍듯
가까이서 혹은 조금 물러 난 자리에서
보고 또 보았네.
가까운 것에 집착하느라
놓친 먼 곳일까
먼 곳을 두리번거리느라
지나친 가까운 곳들일까

렌즈로 들여다보는 세상,
어떤 흐릿한 물체라도 곡 선명하게 보이는
그런 곳, 바로 내 눈앞에 있었네.
하나 같이 마음에 들어서
오래 두고두고 볼
그런 풍경들이 있었네.

같은 물체라도 흐린 날과
맑은 날을 갖고 있다는 듯

시선을 바꾸면 달라지는 세상
의도치 않은 것이 더 좋을 때가 있었네.
찡그린 일들
잘못 찍은 사진이라고 함께
웃을 수 있는 일이라네.

내 눈앞의 것들
혹은 눈앞의 사람들
사진을 찍는 마음으로 바라본다면
하나같이 소중하고 정성스러워진다네.
웃는 눈앞이 된다네.

불편한 언어

감정의 소요
신념 아닌 집념의 에고ego
우리는 그런 신뢰의 의심에서 무심하기 위해
날마다 찻물을 내리고
찻잔을 비워 여백이 되려 했지만
비워지지 않는 아상

아, 그 소모적 사유들

봄의 차밭엔 무수한 새의 무수한 혓바닥들
그 혓바닥들 우려내면 어디
향기만 있나
우리가 이미 익숙히 알고 있고
즐길 만큼의, 혹은 감당할 만큼의
씁쓸한 맛도 나는 것.

알고

이해해 준다는 것
함께 차를 마시는 일 쯤 되지 않을까

노을 만송이

늦은 여름, 노랑 장미의 숨겨진 꽃술 위로 뜨거운 햇살이 끌려들어 간다. 갑자기 꽃무더기 속으로 확 잡아끄는 즐거운 완력처럼 못이기는 척, 아니 못 이기고 이끄는 대로 넘어질 때

그곳,
노을이 만송이쯤 피어있었네.

서늘해진 바람이라고 초가을 햇살에 꽃술 머리 감고 있는 구절초에게로 낮고 느릿한 옛 노랫말이 흐를 때 한 줄기에 한 송이 만 피운다는 구절초의 고집이 콧속을 찌를 때

그곳,
오래 묵은 잼 병같이 달콤한 두 귀가 있네.

내 마음의 풍금 위에 희고 검은 건반을 딛고 가는 바람의 발자국마다 울리는 음률과 음률

아, 나는
어느새 속으로 우는 악기가 된다네.

왜 아직도 나의 거울 속에는 백설 공주만 보이는지

바람 부는 솔 숲길 달려가던
내 유년의 친구들은 다 어디로 갔을까

산 중턱에 구름이 내려앉는다.

어느 누구의 어머니로
이웃 여자로
혹은 물렁한 나이만 먹은
철없음으로 다들 몰려갔을까

이제 작은 언덕 하나에 올라
하나의 손수건을 꺼냈을 뿐인데
아직, 내 주머니에는
몇 장의 손수건이 더 들어있는데
먼 길을 달려온 듯한
이순의 언덕

왜 아직도 나의 거울 속에는
백설 공주만 보이는지
분명 그리움을 물었는데 거울은
왜 내 얼굴만 보여줄까 의문 끝에
아하,
어딘가에서 누가 나를
그리워하고 있다는 뜻이구나.

이순의 얼굴들엔
자신의 옛 얼굴들은 다 어디로 가고
그리운 친구들의 얼굴들만 가득하다는 걸
그건, 친구들이 몰려 온
표정들이라는 걸

정직한 거울이
알려주고 있다는 것 알게 된다.

고드름

원래 눈물은, 뾰족한 마음이
저의 적의를 용서하려고 닳아 없애는 것이야
날카로운 끝, 바닥에 닿아
퐁퐁 동그란 소리를 내려는 것이야
흩날리고 쌓이고 녹아서
아래로만 흐르던 과정이 바닥에 닿을 때
물방울의 파장으로 잠깐
날아오르는 것이야
얼어붙은 밤이
한낮으로 녹는 일이야

얼어붙게 한 일도 하늘의 일이고
녹아 흘러내리게 하는 일도 하늘의 일이야
그리고 그 끝은 언제나
바닥에 안착하는 일이야
기도를 타고 내려 온 일생이
다시 기도를 타고 하늘로 가는 일과 같이

겨울동안 말랐던 생강으로
다시 물이 돌아오는 일이야

똑똑 고드름은
물방울의 창고야.

구름은 바다의 돛

해류, 라는 말
그건 다 구름이 돛이라는 뜻이야
하늘엔 구석이 없어
가끔 숨고 싶은 구름들이
지상의 움푹한 곳들에 고이기도 하지만
대부분의 구름들은 제 모양을 뽐내기 바쁘지
돛이 꼭 삼각일 필요는 없지
침대의 모양이거나
버섯모양이어도 괜찮지
비를 끌고 다닐 수만 있다면
모양 따위는 중요하지 않지
그렇지만 그 구름 돛을 오래
올려다보고 있노라면 어느 새
나와 당신들의 일생이
먼 대양과 산맥과 바람이 묻은 나날들을
돌고 돌아 지금의 자리에 서 있다는 것을
불현듯 깨닫게 되지

구름의 속도는 어떤 역류보다도
순항보다도 빠르니까
다만 빗줄기가 쏟아진다면
그건 구름이 정차중이라는 뜻이지
배가 불룩한 돛은
배를 끌고 내달리겠지만
흰 거품을 밀고 가는 뱃머리는
군도에 닿아
구름의 돛을 바꿔 다는 꿈을 꾸겠지

폐막식

계절의 폐막식이다.
색깔들의 축제가 막바지를 지나고
풀꽃들의 끝을 지휘하던
가늘고 얇던 여름의 바람들은 다 돌아갔다.

이제 조금은 더 억센 바람이
대궁들의 마디를 찾아온다.

일층에서 십구 층까지 올라 온 바람이
스웨터를 껴입는다
잠자리들은 지상의 끝을 순례하느라 바쁘고
한때 더웠던 짝들은 다시
초록들처럼 시들해 진다.

햇살이 저 먼 저녁노을에
다 도착하는 것은 아니어서
지친 정오들과 태양의 입사각들은

떫은 감나무로 몰려가 말랑해지거나
사과의 주위를 돌며 붉어지는데

전령들은 어디서
어디까지 분주해지려는가.
저 울창한 숲과 낮은 풀숲을 뒤지고
강물소리들, 낮고 길게 뽑으면서
상류에서 하류로
옛일들을 상기 시키려는가
회상들을 사열 시키려는가.

그러나 저 폐막의 기세들
알고 보면 새로 도착하는 계절의
리허설이었음을.

구급차가 달린다

밤이 유리창 속으로 팽창하고
숨어있던 가족들이 찾아질 것이다
위성처럼 돌던 인척들이
이 밤, 헐레벌떡 모여들 것이다
산산이 깨진 마지막말에 귀를 기울이고
가볍거나 무거운 어깨들이
저마다의 내재율로 들썩일 것이다

경각은 누구에게나 있다
어떤 시간에도 또 어떤 즐거움 뒤끝에도
예고 없는 경각들이 숨어 있다
적막의 밤, 그 끝에서 끝으로
외로운 운하를 홀로 건너가야 할지도 모른다

이 밤, 경각을 싣고
구급차가 달린다
골목을 빠져나와 사거리의

신호와 신호사이를 헤집고 달린다
일생동안 한 번도 달려보지 못한 속도로
늘 주저하던 그 속도로
경각을 떨쳐버리려
당신의 경각이 달려가고 있다
저 흐릿한 불빛 속으로
희미한 당신의 삽화 속으로

honey

태양마저도 끌어다
역방향의 그늘로 만들던 사람
그곳에 시원한 그늘의자 끌어다
앉으라, 놓아주던 사람

한꺼번에 온 초록은
한꺼번에 가고
가고 남은 곳곳에 보이는
쓸쓸한 속속 들이들

태양이 지고
모든 방향이 사라진 밤에도
여전히 놓여 있는
의자 하나.

4 장미의 시간

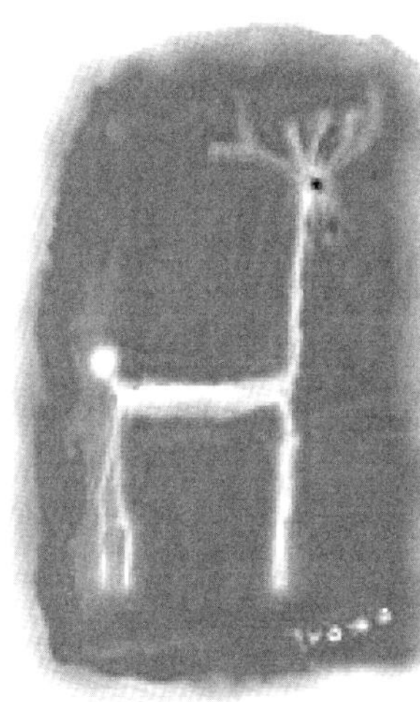

장미의 시간

모닥불 같기도 하고
창문에 달라붙어 있던
빗방울 같은
피아노 건반을 누르는
손끝 같은 이름들

'요하네스 브람스'를 들으며
클라라 슈만의 로망스를 따라가면
달밤 위 악보가 펼쳐지고
슈만과 브람스 클라라의 삼각구도
그 사랑에 다시,
한번만이라도 눈물 흘리고 싶다

그 새벽
뚝뚝 떨어지던 피아노의 음표들
또르르 굴러 어느 좁은 틈 사이로
쏙 들어간

아, 장미의 시간

무지개를 목에 두르고
치마 끝 레이스를 달리던
회상의 시간.

고독해지기

시 한 편을 쓰기 위해
민들레 한 포기를 만나고 왔다
만 길을 걸어 옛날
잃어버린 머리핀 하나를 만나고 왔다
곳곳에 밀실을 만들어두고
웅크리다 훌쩍거리다 돌아온다.
사과껍질처럼 돌돌 말린 옛길을 걷거나
아름다웠던 물수제비를 밟고
강 저편까지 치마를 들고
발목을 적시곤 한다
고독해지기 위해 즐거웠던 시절을
아무도 모르는 가면을 쓰고
한 가지 표정으로 다녀온다

시 한 편을 쓰기 위해
민들레의 유목을 따라다니고
파릇하고 납작한 집터에다

노란 망루望樓 올리는 일을 거든다
찾은 머리핀에서 툭툭 흙을 털어내고
치마를 들었던 발목으로
부끄러움을 배운다
시 한 편을 쓰기 위해
알고 있는 모든 고독들과
절친한 사이가 된다

수련과 같은

시로서
무엇을 이룰 생각은 버려야지
산다는 일이 무엇을 이루는 일이 아니듯
시 또한 오늘이거나
아니면 내일의 질문과
먼 훗날의 대답 같은 것

수련 씨앗을
질문처럼 연못에 던지고 나면
당연한 듯 대답해오는
연분홍 수련
저렇게 큰 대답이 또 있는가
확실한, 세세한 것까지 대답해주는
아름다운 대답

그러나 내가 질문 던진 곳은

흙탕물 질퍽이는 곳
발이 쑥쑥 빠지는 곳
깨끗한 옷 버리기 십상인 곳
온갖 수생水生들과
거머리 떼들이 악착같은 곳

그곳에서
괜찮다, 괜찮다 대답하듯 피는
한 편의 시 같은
수련 한 수秀

그림자

빗속에서
내 세포가 돋는 소리를 듣는다
깊이 잠든 어둠을 헤집고 내리는 비
밤부터 새벽까지
계속해서 비가 내린다

맑은 날에만
나타나는 그림자들이라면
어둑하게 흐린 새벽은
온통 그림자들의 시간이다
빗방울 소리가
그림자들의 심장소리다
불빛 비친 창문들이
곧, 그림자들의 잠이다

모든 심장들 속에는
너무 많은 영혼들이 들어차 있다

잠깐 영혼을 빌려주고 싶은
새벽의 어둑한 시간이 있다
그러면 어둠이란
지친 하루 끝에서 만나는 지인처럼
소요 속에서도 안온함이
찾아드는 것이다

비 오는 날
나의 은밀한 비밀의 정원엔
그림자들의 회합이
종종 있다

타샤의 집

자연을 설득해
안으로 들인 집
추운 겨울이 들어오라고 틈,
틈이 무성한 집
적당한 남루로 짐승들도 편안한 집
막다른 불행에서 지은 집
깃발처럼 연기가 뿜어져 나오는
굴뚝이 착한 집
마음이 보글보글 끓어 넘치는 집

따뜻한 차를 마시는 일로
노쇠한 피를 덥히고
낡은 의자와 함께 깜박 졸기도 하며
가족을 위해 소란스레
음식을 만들어 보기도 하는
문지방이 낮아
문 밖과 문 안이 서로 오가는

그런 집에서 살고 싶다
타샤의 집은
내 영혼을 꿈꾸게 한다

이순

귀가 온순해진다는 것은
귀에다 어진 책사하나 모신 일
혼잡한 저자거리를 거쳐 오는
소문을 다 돌려보내는 일
부정과 긍정을 슬쩍
순서를 뒤바꿔 놓는 일
내 생각과 아집에서
될 수 있으면 멀리
귀를 옮기는 일

그런 귀를 잘 모시는 일
귀에게 묻고 또 묻는 일로
바쁘게 하는 일

소리 내어 책을 읽어
한가해진 귀에게 들려주거나
작고 소소하게

귀를 춤추게 하고 노래하게하고
귀에게 끄덕이는 대답을
마냥 맡겨놓는 일

이순耳順의 귀에게
나를 맡기는 일

거울

거울과 나는
방향을 바꾸어 서로를 살핀다.
그래서 우리는 여전한 상대편이다.
얇은 표면을 두고
작은 충격에도 깨질
수많은 파편을 두고도
우리는 서로를 살펴주기 바쁘다

오늘은 푸른 포플러와 부서지는
햇살 사이를 지날 거야,
바람의 노래를 온몸에 묻힐 거야.
그러니 네 고개를 살짝 돌려
내 뒤태를 살펴봐 줘

흐드러지던 꽃밭머리에
복사꽃과 견주던 내 얼굴과 네 얼굴이
서로를 못 알아보는 지경까지 왔을까

거울 속에서 바람이 불고
거울 밖에선 가을 강이 흐른다

오늘도 우리는 마주선
얇디얇은 너와 나.

얼굴

그거 아시는지
얼굴은 나를 위하기보단
뭇 타인들을 위한 것이라는 것
같이 웃자는 표시라는 것

한 번쯤 스쳐 간 얼굴들의
집합소라는 것
그러니 찡그린 얼굴을 만나도
무덤덤한 얼굴을 만난다 해도
그거, 다 내 얼굴이었다는 것

고통을 알아차리는 표정
수천의 이야기마다
끄덕거린 대답과
그래, 맞아!
눈빛들이 모여 있다는 것
참 예쁘다고 여겨지는

내 얼굴
그거, 알고 보면
모두의 얼굴이라는 것

아무도 모르는 일

너를 용서하는 끝에
덩달아 나를 용서하는 일
너 또한 나를 용서하며
못 이기는 척 너를 용서하는 일
그것이 삶인지도 몰라

아무도 모르는 일이지만
우리는 이미 서로를 바꾸어 살고 있는지 몰라
어느 때, 이미 우리는
용서받고 용서하였는지 몰라
그렇지 않고서야
내가 너를
네가 나를 이렇게 사랑할까

저 갠지스 강의 모래알처럼
우리 서로에게 경계를 짓지 말자
적의와 분노를

꽃으로 피워내고
서로에게 꺾이고 말자
서로, 라는
꽃말이 되자

바람, 결국 여기까지 왔네

알고 보면 바람도
그 정처 없는 곳에도 거처가 있네
알고 보면 세상에서 가장
편안한 거처라네
바람이란 섞이는, 섞여서 이리저리
움직이는 방향이라네
구석으로 몰리는 듯하다가도
어느새 햇살 갈피로 날아오른다네
주저했던 곳, 도피했던 곳
바람은 아무렇지도 않게 데리고 간다네
여기, 라는 말도 알고 보면
바람이 잠시 멈춘 곳이라네
천지간에 방향 하나 제대로 잡는 일이
선회하는 일이 어디 쉬운 일인가
그러나 바람에게는 가장 손쉬운 일이네
그중에서도 급선회를 통해
가보지 않고는 알 수 없었던

보지 않고는 꿈꿀 수도 없었던
하늘과 맞닿은 어디쯤
혹은 거기쯤 그리고
결국 여기까지 왔네

[해설]

시간의 질감 혹은 생生의 풍경

-안연옥 시집 『푸른 꽃잎사이 나를 숨기다』

이 재 복(문학평론가 한양대교수)

[해설]

시간의 질감 혹은 생生의 풍경

이 재 복(문학평론가 한양대 교수)

안연옥의 시는 시간에 대한 자의식으로 가득하다. 시간이 인간의 존재성을 드러내는 토대가 된다는 점에서 이 자의식은 각별한 데가 있다. 시간은 그냥 흘러가는 것이지만 그것을 인간은 자신의 관점과 방식으로 표현해 낼 수 있다. 이런 점에서 시간의 드러남은 인간에 따라 각기 다르다. 이 차이가 상상과 표현의 차이를 낳고, 생산물의 성격과 수준의 정도를 결정한다.

시간에 대한 예민함 혹은 자의식을 지닌다는 것은 그만

금 세계를 섬세하고 깊이 있게 들여다본다는 것을 의미한다. 이러한 의식은 동서고금을 통해 발견되는데, 가령 청나라 시인 공자진의 시 「기해년의 잡시들己亥雜詩」에서 유래한 '붉은 그리움과 푸른 시름'이라는 관용구라든지 송나라 시인 이청조의 시 「여몽령如夢令」에서 '아는가 모른가, 푸름은 무성해지고 붉음은 시드는 것을'이라는 구절 등은 시간의 흐름에 따른 시인의 감정을 표현한 대표적인 예라고 할 수 있다.

시간에 대한 이런 식의 자의식은 일종의 '무상無常 관념'을 드러낸 것으로 볼 수 있다. '세상에 변하지 않는 것은 없다'는 의식은 봄, 여름, 가을, 겨울이라는 사계절의 흐름 내에 있는 우리 인간이 느끼는 숙명 같은 것이라고 할 수 있다. 이것은 시인 역시 예외는 아니어서 "지나간 꽃들/ 다 봄에 있는데/ 우린 그 어느 봄으로도/ 돌아가지 못한다"(「푸른 꽃잎사이 나를 숨기다」)라고 노래하고 있는 것이다. 한 번 흘러간 시간은 다시 되돌릴 수 없다는 것에 대한 회한을 "꽃"과 "봄"의 질료를 통해 잘 드러낸 시라고 할 수 있다.

시간은 우리 눈에 보이지도 또 우리 귀에 들리지도 않는다. 그것은 추상적인 것이기 때문에 늘 우리가 지각할 수 있는 구체적인 사물이나 대상을 통해 드러날 수밖에 없다. 봄이 간다는 것, 다시 말하면 시간이 흐른다는 것을 시인은 꽃이 피고 지는 것을 통해 인지하고 있을 뿐만 아니라 꽃이 아닌 다른 대상을 통해서도 인지하고 있다. 봄이 가면 여름이 오듯이 꽃이 지면 다른 것이 다시 온다는 것이 바로 그것이다. 어떤 것도 변하지 않는 것은 없다. 심지어 어제 본 꽃이 오늘도 거기에 있지만 그 꽃은 더 이상 어제와 같은 꽃이 아닌 것이다. 이 다름의 끊임없는 흐름을 시인은 "시간은 나비를 타고 왔다가 한 여름 매미울음에 머물렀다가 다시 고추/ 잠자리로 날다가 저 공중, 미로정원을 빠져나간다"(「미로정원」)는 식으로 표현하고 있다.

이렇게 "공중" 혹은 "미로정원을 빠져나간" 시간은 다시 되돌아올 수 없는 것이기 때문에 그것은 하나의 기억으로 존재하게 된다. 기억이란 흘러간 시간이라는 의미와 함께 '지금, 여기'와는 일정한 거리를 드러낸다는 의미를 지닌다. 이 거리로 인해 기억은 '아련함'이라는 정서의 형태로 존재할 때가 많다.

> 세월이 바뀌고 사람이 바뀌었지만
> 과거는 여전히 빛나는 것들의 천지다
> 변압기가 없는 기억,
> 기억은 여전히 한 종류의 전류로 흘러서
> 과거의 흐릿한 빛을 끌어오면
> 현재는 낡은 필름처럼 재생되곤 한다
> 그래도 집 어딘가에는
> 무용지물의 옛 물건들이 있듯
> 기억에도 속수무책의 일들이 있다

모두 시간의 연착 점에 씨앗을 뿌리는

아련한 것들이다

—「아련한 것들」 부분 인용

시인의 의식 속에서 "과거는 여전히 빛나는 것들의 천지"로 기억된다. 시인은 그것들을 "현재"의 차원에서 "재생"하려 한다. 하지만 그것들은 생생하게 재생되는 것이 아니라 "낡은 필름처럼 재생"되거나 "연착"된다. 이렇게 선명하지도 않은 과거의 기억들을 시인은 왜 '지금, 여기'로 불러내려고 하는 것일까? 단순히 기억의 아련함을 즐기기 위해서일까? 만일 그렇다면 우리는 그 기억에 그토록 집착하지는 않을 것이다. 그냥 스쳐지나가듯이 그 아련함을 기억하는 것으로 그칠 것이다. 하지만 우리는 이에 그치지 않고 그 아련함을 통해 또 다른 무엇인가를 불러내려 한다. 바로 과거의 기억속의 '나'이다. "오늘, 이편의 내가", 과거 기억 속의 "저편의 나를 만나"(「아련한 것들」)려고 하는 것이다.

'나'라는 존재는 '지금, 여기'의 '나'로만 온전할 수 없으며, 과거의 '나'와 미래의 '나'까지를 아울러야만 온전할 수 있다. 과거 기억 속의 '나'가 어떤 존재인지를 알아야 지금의 '나'도 알 수 있는 것이다. 비록 선명하지는 않지만 아련한 기억으로만 떠올려지는 '나'를 불러내 그 아련함 이면에 은폐되어 있는 '나'의 모습을 만나고 싶은 것이다.

아련함 속에서 떠오르는 '나'라는 존재는 어느 일면만이 아닌 다양한 차원에서 기억된 '나'라고 할 수 있다. 시인의 이 다양한 기억들은 하나하나 시 속에서 끄집어내어 진다. 그 중에서 가장 마음을 담아 끄집어내고 있는 것은 그리움으로 기억되는 것들이다. 가령 「배웅」에서 "모녀인 듯한 두 여자"의 이별을 다루고 있는데, 시인은 이때 둘 사이에서 오가는 정을 "버스가 떠나고 남은 여자에게서/ 가늘고 긴 실오라기 하나가/ 떠난 여자에게로 풀려가고 있었다"라고 표현하고 있다. 몸은 헤어지지만 마음은 "실오라기 하나"로 이어져 있다는 것은 두 여자 사이의 정 혹은 그리움을 드러낸 것이라고 할 수 있다. 이 "실오라기"는 「메디슨 카운티의 다리」에서 "다리"로 변주되어 드러나는데, 여기에서의 "다리"는 "가을 들풀처럼 마른 나"를 "친근하게 안아주"는 그런 "사랑"으로 기억되는 질료이다. 그리고 이 "다리"는 다시 "역"(「자정의 역 하나」)으로 이어진다.

이렇게 '나'는 그리움으로 기억되기도 하지만 또한 슬픔으로 기억되기도 한다. 그리움이 밝은 기억이라면 슬픔은 어두운 기억이라고 할 수 있다. 이런 점에서 슬픔은 하나의 상처(트라우마)로 남을 수 있다. 상처는 쉽게 사라지지 않고 시인의 심층에서 충동적으로 반복될 수 있다. 이렇게 되면 시인은 어둠 속에서 헤어 나오지 못한 채 그 세계에 고착되는 이상 심리 상태를 보이게 된다. 시인이 빛의 세계로 나오려고 하지 않고 어둠의 세계 속에 침잠하려

안나면 그것은 자칫 "돌이킬 수 없는", "깊은 화인火印"(「화인火印」)을 자신의 "생애"에 찍게 되는 것이다. 시인에게 그런 화인으로 남을 깊은 상처로 존재하는 것이 있다.

축렁이던 봄빛이
눈물 끝에서 무릎을 꿇던 날에
서해 갯벌자락 끝
붉게 피 흘리며 노을이 졌다.

…(중략)…

먹먹한 바다를 건너
노랑나비 떼만
봄을 짊어지고 돌아오고 있었지

꽃에 물도 주지 못하고
정원 손질도 못하고
봄날은 참으로 길었다.

길고 긴 슬픔을 끌고 온 세상
무수한 봄들이 통째로 사라진 바닷가
모두 들 잊지 않겠다는 듯
가슴 한쪽마다 비워 둔,
아직 절망을 묶지 않는 리본

결번처럼 비워 둔 그곳으로
또 밀물이 든다.

―「노랑나비 떼」 부분 인용

시인의 상처의 근원은 "바다"에 있다. 시인에게 "바다"는 희망의 대상이 아니라 "무수한 봄들이 통째로 사라진" 그런 "길고 긴 슬픔"의 "바다"이다. 이 슬픔은 "모두가 잊지 않겠다"고 할 정도로 크고 깊다. 시인은 그것을 "가슴 한쪽마다 비워 둔", "그곳으로", "밀물이 든다"라는 말로 표현하고 있다. 밀물이 들면 썰물이 나고, 그것이 끊임없이 반복되는 상황이 시인이 처한 상처의 모습인 것이다. 이런 상처의 구조는 그것을 끊임없이 덧나게 한다는 점에서 문제적이라고 할 수 있다. 상처의 덧남은 그것을 제대로 치유하지 못하면 죽음에 이를 수도 있다. 하지만 이 덧남은 또한 치유를 위한 계기를 제공할 수도 있다. 이것은 덧남이 양가적이라는 것을 의미한다.

우리가 어떤 상처를 치유하기 위해서는 그것을 덧나게 할 필요가 있다. 덧남이 없으면 그 상처의 심층은 제대로 드러날 수 없다. 그래서 이 덧남을 통해 환자는 상처의 환상을 즐겨야 한다. 환상의 즐김은 환자로 하여금 자신이 지니고 있는 심층의 어두운 면을 드러내게 한다. 「노랑나비 떼」에서 시인은 상처 속에만 웅크리고 있지 않고 그것을 덧나게 하여 그 환상을 즐기는 모습을 보여주고 있다.

시에서 “가슴 한쪽마다 비워 둔” 곳으로 “밀물이 든다”는 것이 바로 그것이다. “밀물”이 들 때마다 그것이 상처를 건드려 덧나게 하지만 그것은 치유를 위한 것으로 볼 수 있다. 시인의 상처는 어두운 심층에 내재한 억압되고 맺힌 감정의 응어리라고 할 수 있다. 이 응어리를 덧나게 하는 것, 다시 말하면 이 감정의 응어리를 적절하게 풀어주는 것(삭임)이 곧 여기에서의 치유를 말하는 것이다.

심층에 맺힌 이러한 감정의 응어리를 삭이기 위해 시인은 무엇보다도 먼저 자신의 마음을 들여다본다. 감정이 마음의 산물이라는 점을 깨닫고 그것을 다스리기 위해 시인은 “용서”라는 것을 들추어낸다. 이때의 용서는 그것을 발생시킨 타인의 존재를 전제한다는 것을 의미한다. 타인으로부터 받은 어떤 것으로 인해 그것이 마음에 응어리져 있고, 그것을 삭이기 위해서는 타인의 죄나 잘못을 이해하고 너그럽게 용서할 때 그것이 가능한 것이다. 그런데 시인은 이렇게 타인을 용서하는 것을 “나를 용서하는 일”이라고 하면서 “그것이 삶인지도 모”(「아무도 모르는 일」)를 일이라고 말한다. 누군가를 용서한다는 것은 결코 쉬운 일이 아니다. 이렇게 어려운 일을 시인이 하려고 하는 것은 자신의 상처를 치유하기 위해서이고, 그것을 하자면 먼저 그 상처를 발생시킨 존재와 대면해야 하기 때문인 것이다. 시인이 타인을 용서하지 못한 상태에서는 그 어떤 화해의 실마리도 마련될 수 없다.

그러나 누군가를 용서한다는 것은 그렇게 말처럼 쉬운 일은 아니다. 아무리 가까운 사이라고 하더라도 서로 마음이 온전히 통하는 경우는 흔치 않다. 어쩌면 서로 온전한 소통이 가능한 사이라고 생각하는 것 자체가 착각인지도 모른다. 그래서 시인은

> 그러나 마음이란 또 얼마나
> 곳곳들로 이루어진 곳인가
> 미로정원처럼 막다른 곳곳들
> 막힌 벽 앞에서 수 없이 뒤돌아서는 곳인가
>
> －「소울메이트」 부분 인용

라고 고백한다. "소울메이트" 사이에서도 이렇게 서로의 "마음"에는 "곳곳들", 다시 말하면 틈이 존재하는 것이다. 이 틈은 어떤 관계 내에서는 언제나 존재할 수밖에 없다. 따라서 여기에서 중요한 것은 우리가 그것을 인정하고 그 틈을 메우기 위해 노력하는 것이라고 할 수 있다. 용서가 타인과의 관계를 통해 정립되는 것이라면 무엇보다도 여기에서 요구되는 것은 그 타인을 어떻게 인식하느냐 하는 점일 것이다. '나'에게 타인은 어떤 존재일까? 이 물음에 대해 시인은 "무수한 사람의 연대로/ 섞인 나라는 사람/ 그 사람 안에는/ 또 무수한 사람들의/ 살뜰한 관계가 있다"(「소울푸드 Soul Food」)로 답한다. "나"를 고립된 존재가

아닌 "무수한 사람들"과의 "관계" 내의 존재로 규정하고 있다. 이것은 시인의 타인을 향한 관계를 잘 보여주고 있는 예라고 할 수 있다.

자신과 적대적인 존재에 대해 굳게 문을 닫아걸고 있으면 관계 정립을 위한 기회는 주어지지 않을 것이다. 타인과의 관계를 위해서는 먼저 타인을 향해 "창문"(「마중」)을 내야 한다. 이 "창문"을 통해 타인을 보고, 그의 이야기를 듣고 또 그와 접촉하면서 마음에 맺힌 응어리를 풀 수 있는 계기를 마련해야 한다. 이와 함께 '나'는 자신을 다스리는 법을 익혀야 한다. 그것을 위해 어떤 경우에는 "돌"처럼 "느려지"(「달리는 돌」)기도 해야 하고, "나무"처럼 "길고 긴 침거"(「초록을 끄는 나무들」)도 해야 하며, 또 어떤 경우에는 "고드름"처럼 "뾰족한 마음"이나 "적의"를 "닳아 없애"(「고드름」)야 하고, "차를 마시는 일"에서처럼 "무심해"지고 "여백이 되려"(「불편한 언어」)고 해야 한다. 이렇게 하면

> 무르익은 고민이 슬픔이
> 내 밖으로 흘러넘
>
> 치고,
>
> 그때야 모두의 것이
>
> –「꽁꽁」 부분 인용

되는 것이다. 자신의 심층에 자리하고 있는 어둠을 밖으로 들추어내어 환한 빛을 향하게 하려는 욕망을 우리 모두는 가지고 있다. 자신의 어둠의 덩어리를 삭여 풀어내는 일은 많은 시간과 고통을 필요로 하지만 그것을 거치고 나면 세상은 지금까지와는 다르게 인식될 것이다. 이제 저녁 노을을 보고도 애상에 젖거나 허무의 감정에 빠져들지 않고 그것을 꽃이 "만송이쯤 피어있"(「노을 만송이」)는 것으로 인식한다거나 바다 위에 떠 있는 구름을 보고 그것이 폭풍을 몰고 올 불안과 공포의 덩어리로 인식하는 것이 아니라 "바다의 돛"(「구름은 바다의 돛」)으로 인식하게 될 것이다.

우리는 모두 각자 각자가 서로 다른 시간의 질감을 지니고 있다. 이 질감의 차이가 우리 삶의 풍요로움을 이룬다고 할 수 있다. 시인은 물론 우리 모두는 '화양연화(花樣年華)'(「화양연화 2」)를 꿈꾼다. 시인은 그것을 "앙코르와트 사원"에서 발견한다. "사원"의 "돌들"은 "허물어지"고 "쇠락한"지 오래지만 여기에 깊이 "뿌리"내린 "나무줄기"에 의해 "울창함"을 드러내는 "앙코르와트"와 여기에 몰려와 "각자의 화양연화를 비"는 사람들을 통해 시인은 인간의 삶의 심층과 외연을 들여다보고 있다. 어쩌면 이것은 인간의 마음이 진솔하게 투영된 생生의 풍경인지도 모른다. 하지만 화양연화가 잘 말해주듯이 그것 역시 인생의 어느 한때를 말하는 것 아닌가? 인간의 삶이란 좋은 때도 있고 또 그렇지 않는 때도 있는 것이다. "푸른 꽃잎 사이 나를 숨기다"는 그것의 메타포이다. 꽃은 언젠가는 지게 되고, 그것이 아쉬운 시인은 그것을 늘 "푸름(푸른 꽃잎)"의 시간 내에 두려한다. 어찌 시인이 꽃의 무상함을 모르겠는가? 누구보다 잘 알기 때문에 자신을 드러내려하지 않고 "푸른 꽃잎 사이"에 "숨기"려 한 것 아닌가? 이렇게 속절없이 흘러가는 시간 혹은 삶 속에서 그것의 질감을 느끼고 들추어내어 다양한 생生의 풍경을 만들어내고 있는 시인의 모습이 아련하게 떠오른다.